KB076036

살구꽃이 돌아왔다

살구꽃이 돌아왔다

김 선 태 시 집

창비

차 례

제1부

제2부

제1부

물총새 낚시

물총새 한 마리가
쏜살같이,
저수지 속으로 내리꽂힌다.

단 한번의 투신으로
저수지 중심을
파(波),
산산이 낚아채자
하(呀),
잠깬 고요가 점점
입을 크게 벌리며
둥글게 기지개를 켠다.

불현듯 지루한 여름날이
물총새 부리에 걸려
파들파들하다
짧다.

감씨

자궁 같기도 하고
무덤 같기도 한
감씨를 둘로 갈라보면
한쪽에 태아가
한쪽에 노인이
누워 있네

햐!

가만 보니
밥그릇 위에
평생 사용할
평생 사용한
은수저도
놓여 있네

나란히

벌새

벌새는
1초에 90번이나 제 몸을 쳐서
날개를 지우고
공중에 부동자세로 선다
윙윙,
날개는 소리 속에 있다.

벌새가
대롱꽃의 중심(中心)에
기다란 부리를 꽂고
무아지경 꿀을 빠는 동안
꼴깍,
세계는 그만 침 넘어간다.

햐,
꽃과 새가
서로의 몸과 마음을

황홀하게 드나드는
저 눈부신 교감!

정(靜)과 동(動)이
동(動)과 정(靜)이
저렇듯 하나로 내통할 때
비로소 완성되는
허공의 정물화 한 점
살아 있는 정물화 한
점(點).

황홀

왜가리 한 마리가
어로의 중심에 발을 담그고서
뚫어져라 물고기를 응시하고 있다.

물고기 한 마리가
가파른 물살을 박차고 튀어오르자
잽싸게 낚아채더니 그대로 삼켜버린다.

날것의 물고기가
왜가리의 목구멍 길을 타고 내려가며
꿈틀대더니 이내 고요하다.

생사가 극적으로 뒤바뀌는
저 간결하고 분명한 풍경 속에는
비극보다 황홀이 숨쉬고 있다.

지상의 모든 시선이 시방

저 만고불변의 짜릿한 한순간을
숨죽이며 지켜보고 있다.

조장(鳥葬)

티베트 드넓은 평원에 가서
사십대 여인의 장례를 지켜보았다.

라마승이 내장을 꺼내어 언저리에 뿌리자
수십 마리의 독수리들이 달겨들더니 삽시에
머리카락과 앙상한 뼈만 남았다, 다시
쇠망치로 뼈를 부수어 밀보리와 반죽한 것을
독수리들이 깨끗이 먹어치웠다, 잠깐이었다.

포식한 독수리들이 하늘로 날아오르자
의식은 끝났다, 그렇게 여인은 허, 공에 묻혔다
독수리의 몸은 무덤이었다 여인의
영혼은 무거운 육신의 옷을 벗고
하늘로 돌아갔다, 독수리의 날개를 빌려 타고
처음으로 하늘을 훨훨 날 수 있었을 게다.

장례를 마치고 마을로 돌아가는 유족들은

울지 않았다, 침울하지 않았다, 평온했다
대퇴골로 피리를 만들어 불던 스님의 표정도
경건했다, 믿기지 않았다
살아생전 못된 놈의 시신은 독수리들도
먹지 않는다고 하는데
그들은 그럴 때만 슬퍼한다고 했다.

언덕길을 내려오다 들꽃 한 송이를 보며
문득 죽은 여인을 떠올렸다, 그러고 보니
평원의 풀과 나무들도, 모래알도, 독수리도
그냥 있는 게 아니라는 생각이 들었다
마을 어귀에 이르자 꾀죄죄한 소년들이
허리를 굽히며 간절하게 손을 내밀었다.

삶과 죽음이 한통속이었다.

부주산 화장터

목포 부주산 골짝 나무들은 유난히 짙푸르지요. 헐벗었던 산이 녹음으로 무성해진 것은 돌아가신 분들의 육보시 덕분이라나요. 모두들 이곳에서 육신의 옷을 풀과 나무들에게 훌훌 벗어주고 간다는 말씀이지요. 작년, 장모님께서도 이곳에서 옷을 벗고 저승으로 가셨는데요. 당신의 몸을 벗으실 때 어찌나 전어 굽는 냄새가 나던지요. 전어구이를 좋아하는 사위에게 마지막 밥상을 차려주신가보다 생각했더랬습니다. 오늘 아침 출근길에도 어김없이 부주산 골짝에 흰 연기 피어오르니 누군가 또 이승을 떠나나봅니다. 그걸 보고 나무 이파리들이 푸르게 푸르게 손을 흔듭니다.

행화

죽으면 살구나무 아래 묻어달라던 계집아이는 이내 파리한 얼굴로 병마를 따라갔다 살구꽃 이파리들이 혈담처럼 지던 봄날이었다 살구꽃 필 때 낳았다 하여 행화, 그래서인지 유독 살구꽃을 좋아했던 아이, 행화야 부르면 이름 대신 살구꽃 내밀며 환히 웃던 아이는 결국 다시 살구나무 아래로 돌아갔다 열다섯 외동딸을 잃은 홀아비는 마을 언덕 살구나무 밑에 뼛가루를 묻고 나무둥치에 묘비명을 새기며 섧게 울었다 그때부터 살구나무는 고유명사가 되었다 이듬해 봄이 되자, 살구나무는 다시 수만 송이 꽃을 피우며 상큼한 향기를 마을까지 날려보냈다 여름이면 노랗고 탐스런 열매를 주렁주렁 매달았다 해마다 어김없이 살구꽃이 필 때면 마을 사람들은 언덕을 바라보며 말했다 행화가 돌아왔다고

마른 잎 한 장

마른 잎 한 장이 떨어져내린다.

바람의 등에 업혀 곡선의 길을 간다.

놀라워라, 저 평생의 다이어트!

나뭇가지에 모든 걸 내려놓고 팔랑,

팔랑 마른 잎 한 장으로 돌아가는

마른 잎 한 장으로 친정(親庭)에 드는

어머니.

벚꽃나무 아래 잠들다

어느 봄날이던가 선암사 입구 벚꽃나무 아래 기대어 깜박 잠이 들었습니다 꿈속에서 소복한 계집들이 나비처럼 날아내렸습니다 내려와선 온갖 교태로 술을 따르고 춤추며 노랠 불렀습니다 나는 그만 흥건해져서 그미들을 잡으려 이리저리 팔을 뻗었으나 허사였습니다 나비처럼 나풀거리는 그미들을 쫓아 종일 들판을 쏘다니다 그만 돌부리에 넘어져 화들짝 잠이 깼습니다 정신을 차리고 보니 계집들은 온데간데없고 벚꽃나무에 백설만 난분분했습니다 눈사람이 다 된 나를 보고 행인들이 낄낄거리며 지나갔습니다 그때 어디선가 색즉시공 공즉시색의 염불소리 꿈결처럼 들려왔습니다

나무들의 구도(構圖), 구도(求道)

운문사 입구에 썩은 몸뚱이를 깨끗이 들어내버린 늙은 느티나무 한 그루 담벼락에 기대어 서 있습니다. 사내 하나 너끈히 품을 수 있을 품속으로 철없는 조무래기들 들락거리며 놉니다.

느티나무 주변에는 저 찬기파랑가의 "아으, 잣가지 노파 서리 몯누올 화반"처럼 직립한 잣나무 몇그루 분기탱천해 있습니다. 하긴 이 절간이 통일신라 화랑들의 세속 오계 발원지라나요.

절간 마당에는 일년에 막걸리 열두 말을 마신다는 늙은 반송 한 그루도 처진 어깨로 주저앉아 있습니다. 여름날이면 그 넉넉한 어깨 사이로 아리따운 비구 스님들 다투어 모여든다는 말에 담장 너머 요망한 복사꽃들 까르르 자지러집니다.

"사랑을 짓지 말라"는 운문사에 봄이 왔습니다. 시치

미 뚝 떼며 봄, 봄이 왔습니다.

눈부신 외출

봄날엔 늙은 고목도
새옷을 꺼내 입는가
가지가 잘린 채 넘어져
그저 죽은 줄로만 알았던
수백년 묵은 나무의 몸통에서
연두색 새순들이 돋는 것을 보면
예쁘고 기특해 미치겠다 어린 손자가
늙수그레한 할머니 품에 안겨 좋아라
파릇파릇 재롱을 떠는 것 같다 아니면
그 옛날 칼바람에 억울하게 멸문지화 당한
어느 뼈대 있는 집안의 숨은 불씨가
다시 살아나는 것 같다 가만 보니
검버섯이 핀 옹이에는 이끼류며
족보가 다른 풀씨들도 날아와
초록 무성하게 터를 잡았다
봄에는 고색창연한 나무도
젊은 나무들에 뒤질세라
눈부신 외출을 한다

농업박물관

안쓰럽다, 애잔하다, 삼삼하다, 그립다, 쓰리다, 아프다… 같은 무수한 형용사를 칸칸마다 칙―칙―폭―폭 달고 지나가는 저 완행열차 속의 풍경들

저녁 무렵 사라지는 땅거미 같은
불러도 자꾸만 도망가는 메아리 같은
아련한 옛사랑의
오래된 미래의
추억이여, 너는, 박제, 되었구나

흙,

이젠, 도무지, 영영
끼―이―익
끝인가

산벚꽃

온통 적막한 산인가 했더니
산벚꽃들, 솔숲 헤치고
불쑥불쑥 나타나

저요, 저요!

흰 손을 쳐드니
불현듯, 봄산의 수업시간이
생기발랄하다

까치 똥에서 태어났으니
저 손들 차례로 이어보면
까치의 길이 다 드러나겠다

똥 떨어진 자리가
이렇게 환할 수 있다며
또 한번 여기저기서

저요, 저요!

나란하다

여수 영취산 자락에 깃들어 있는 흥국사엘 가보면
대웅전 용마루 선과 산의 능선이 서로 겹쳐 있다

나란하다!

절간과 산이 서로를 가리거나 삐져나옴이 없이
유장한 곡선으로 몸을 포개고 누워 있는 저
절묘한 조화를 오래도록 바라보고 있노라면
처음 이 절간을 세운 이의 아름다운 마음의 구도가
환히 들여다보이는 듯하다

그리하여 어느날 저 곡선의 하늘 위로
둥두렷 보름달이 걸린다든가 기러기떼가
한 폭 수묵을 치며 날아가는 모양을 상상해보라

그러나 오늘은 영취산 진달래 불붙는 봄날
화, 능선을 온통 태우며 꽃물결로 일렁이는 장엄한

화엄의 바다를 보겠네

곡선의 말들

자동차를 타고 달리다보면 무심코 지나치는

걸어가다, 돌아가다, 비켜서다, 쉬다 같은 동사들……

느리다, 게으르다, 넉넉하다, 한적하다, 유장하다 같은
형용사들……

시골길, 자전거, 논두렁, 분교, 간이역, 산자락, 실개천
같은 명사들……

직선의 길가에 버려진

곡선의 말들.

제2부

서해에서

굴곡진 해안선마다 어머니 기다란 치맛자락 휘휘 늘어
져 있다.

허리까지 숭숭 빠지는 갯벌은 넉넉하고 깊은 그늘을
드리웠다.

희로애락이 두루 녹아 있는 저 진창의 노래판,

파란만장의 바다가 얼쑤절쑤 어깨춤 추며 어디로 가고
있다.

이윽고 일몰의 수평선 너머로 붉디붉은 가락 하나 저
문다.

잘 삭은 적막,

절창이다.

조금새끼

가난한 선원들이 모여사는 목포 온금동에는 조금새끼라는 말이 있지요. 조금 물때에 밴 새끼라는 뜻이지요. 조금은 바닷물이 조금밖에 나지 않아 선원들이 출어를 포기하는 때이지요. 모처럼 집에 돌아와 쉬면서 할일이 무엇이겠는지요? 그래서 조금은 집집마다 애를 갖는 물때이기도 하지요. 그렇게 해서 뱃속에 들어선 녀석들이 열 달 후 밖으로 나오니 다들 조금새끼가 아니고 무엇입니까? 이 한꺼번에 태어난 녀석들은 훗날 아비의 업을 이어 풍랑과 싸우다 다시 한꺼번에 바다에 묻힙니다. 태어나서 죽을 때까지 함께인 셈이지요. 하여, 지금도 이 언덕배기 달동네에는 생일도 함께 쇠고 제사도 함께 지내는 집이 많습니다. 그런데 조금새끼 조금새끼 하고 발음하면 웃음이 나오다가도 금세 눈물이 나는 건 왜일까요? 도대체 이 꾀죄죄하고 소금기 묻은 말이 자꾸만 서럽도록 아름다워지는 건 왜일까요? 아무래도 그건 예나 지금이나 이 한마디 속에 온금동 사람들의 운명이 죄다 들어 있기 때문 아니겠는지요.

그 섬의 이팝나무

쌀 한 톨 나지 않는 서해 어느 섬마을엔 늙은 이팝나무
가 한 그루 있지요. 오백여 년 전 쌀밥에 한이 맺힌 이 마
을 조상들이 심었다는 나무입니다. 평생 입으로는 먹기
힘드니 눈으로라도 양껏 대신하라는 조상들의 유산인 셈
이지요. 대대로 얼마나 많은 후손들이 이 나무 밑에서 침
을 꼴딱거리며 주린 배를 달랬겠습니까. 해마다 오월 중
순이면 이 마을 한복판엔 어김없이 거대한 쌀밥 한 그릇
이 고봉으로 차려집니다. 멀리서 보면 흰 뭉게구름 같지
만 가까이서 바라보면 수천 그릇의 쌀밥이 주렁주렁 열
려 있으니 보기만 해도 배가 부르지요. 김이 모락모락 나
는 쌀밥 냄새가 사방팔방 퍼질 때면 온 마을 사람들이 모
여들어 풍어제를 지냅니다. 이쯤이면 온갖 새들은 물론
이고 동네 개나 닭들 하다못해 개미 같은 미물마저도 떨
어진 밥풀을 주워먹으러 모여드니 이 얼마나 풍요로운
자연의 한마당 큰잔치입니까. 대낮이면 흰 그늘을 드리
워 더위를 식혀주고 밤이면 환하게 불을 밝혀 뱃사람들
의 등대 구실까지도 한다니 이만하면 조상들의 음덕치고

는 참 미덥고 보배로운 것이 아닐는지요.

염화

한여름 신안 증도 태평염전에 가서
한 염부의 작업복에 핀 소금꽃을 보았습니다.

소금농사는 하늘에 달려 있다고,
그래서 소금을 사람이 만든다고 하지 않고
하늘에서 내려오신다고 말하던 그가
평생 그의 노동을 가두던 염전에
마침내 소금이 되어 누웠습니다
소금이 되어 하늘로 돌아갔습니다.

이제 그의 작업복에서
태평염전과 하나가 된 그의 육신에서
고승의 사리처럼 소금꽃이 핍니다
땀과 눈물의 결정체로 핍니다 소금창고에
썩지 않을 추억을 쌓던 그의 생애도
단단한 소금이 되어 빛납니다.

한여름 신안 증도 태평염전에 가서
염화(鹽花)가 염화(拈華)로 피는 것을 보았습니다.

꽃게 이야기

흔히 보름게는 개도 안 먹는다는 속설이 있지요. 왜냐구요? 이놈들이 주로 보름 물때엔 탈피를 하느라 아무것도 먹지 못하기 때문이지요. 하여, 겉은 번드르르해도 속은 텅 비어 있으니 그야말로 무장공자라는 말씀이지요.

허나, 서해 어느 갯마을에는 이 속설을 살짝 뒤집은 재미난 이야기도 전해내려오지요. 보름달이 뜨면 괜시리 시골 처녀들이 밤마실 나가듯 야행성 꽃게들도 먹이를 찾아나선답니다. 그런데 달빛이 하도나 밝아 물속까지 훤히 비추면서 꽃게들도 그림자를 드리우니, 아 글쎄 제 그림자인 줄을 모르는 이놈들은 등뒤의 무슨 시커먼 물체에 화들짝 놀라 삼십육계 게걸음을 친다는 겁니다. 한참을 쫓기다 이젠 안 따라오겠지 하고 돌아보면 따라오고 잠시 바위틈에 숨었다가 나가도 다시 따라오니 참 이만큼 징상스러운 일이 또 어디 있겠어요? 그렇게 밤새도록 줄행랑을 치다 결국 아무것도 먹지 못하고 날이 새니 보름게는 살이 오르기는커녕 있는 살까지 죄다 내려 속

38

빈 강정이 된다는 이야기지요.

어허, 그런데 말입니다. 호랑이 앞에서도 집게발을 쳐
들고 대드는 용기를 가진 이놈들이 그깟 제 그림자에 속
아 도망을 치다니 참 우습지 않나요? 그리고 보면 세상에
서 가장 두려운 놈은 다름아닌 제 자신이 아니었을까요?

주꾸미

주꾸미라는 연체동물이 있다
자승자박의 슬픈 바닷물고기다.

이놈을 잡는 일은 아주 쉽다
줄에 소라껍질을 매달아놓으면
은신처로 알고 들어가는데
문제는 문단속을 잘한다는 것
혹시 남에게 들켜 잡아먹힐까봐
펄을 뭉쳐 입구를 꽉 틀어막다보니
퇴로도 없이 잡히고 만다 바보같이
나 여기 들어 있다고 자수하거나
눈 가리고 아웅인 셈이다, 하여
입구가 막힌 소라껍질 속에는
틀림없이 주꾸미가 들어 있다
어부는 옛날 처녀보쌈하듯
그냥 걷어오기만 하면 된다.

세상에는 지나치게 문단속 잘해
패가망신하는 사람들이 있다.

주꾸미 쌀밥

입맛 없는 봄날 목포 뒷개 횟집엘 가면 색다른 쌀밥이
있다. 이름하여 주꾸미 쌀밥. 알이 꽉찬 주꾸미를 살짝
데쳐 배를 가르면 그 속엔 영락없는 쌀밥 한덩이가 소복
이 들어 있다. 게다가 덤으로 노르스름한 양념 된장까지
들어 있다. 고소하고 쫄깃쫄깃한 그것을 한입에 넣고 천
천히 오물거리면 그야말로 천하일미. 달아난 밥맛이 삽
시에 돌아온다. 쌀이 귀하던 시절, 죽기 전 흰쌀밥 한 그
릇 먹어보길 소원한 아비에게 대신 지어올려 효도했다는
주꾸미 쌀밥. 하도 맛이 있어 그 아비 숨마저 절로 꼴깍
넘어갔다는 주꾸미, 주꾸미 쌀밥.

숭어회꽃

꽃이다
무안 도리포 횟집 접시에 꽃이다
생동하는 숭어의 살을 저며 피운
붉디붉은 몸꽃이다.

꽃보다 꽃이다
하도나 아름다워서
보기만 해도 배부른 꽃이다
그러나 절로 손이 가는 꽃이다.

저 화사한 꽃잎 한점씩 따먹으면
입안 가득 싱싱한 맛 다디단 맛
그러나 뼈만 남은 꽃받침 보면
왠지 마음도 쓰린

숭어회꽃이다.

우럭,

  .

횟집에서
우럭회를 시켜 먹다보면
뼈만 남은 우럭이 까만 눈망울을 끔벅거리며
사람들이 제 살점을 집어다 잘근잘근 씹는 광경을
빤히 쳐다볼 때가 있다.

헉, 저런 오싹한 맛!

게다가 어쩔 땐
최후의 발악이라도 하는 양 온몸을 파닥거리며
우럭,
제 남은 살점을
스스로 털어버릴 때도 있다.

큭, 저런 지독한 자존!

직방

홍어 낚는 법에는 여러가지가 있지만
홍어 수컷을 낚는 데야
홍어 암컷을 미끼로 쓰면 직방이지요
갓 잡은 암컷을 줄에 달아
바닷물 속에 집어넣으면
수컷이 암컷의 아랫도리에 착, 달라붙어
얌전히 따라올라오지요
대롱 모양의 수컷 거시기는 두 개인데
희한하게 가시들이 촘촘 박혀 있어
발버둥쳐도 잘 안 빠진다는 말씀
거참, 그야말로 거시기 물린 셈이지요
그렇게 해종일 수컷을 낚다보면
아랫도리가 너덜너덜해진 암컷은
그만 기진하여 죽고 만다니
하여튼, 짝짓기를 위해서라면
홍어도 기꺼이 한목숨 거나봅니다

동거

진주가 보석으로서 이름값하는 것은 조개라는 숨은 배경이 있기 때문이다.

모나고 보잘것없는, 고통의 씨앗인, 어쩌면 원수 같은 모래 한 알을 내뱉지 못하고 기어이 몸속 손님으로 받아들인

아름다운 동거!

제 피와 살점을 뜯어먹여 마침내는 완벽한 진주로 키워내고야 마는

지독한 사랑!

그러므로 조개는 진주의 밥이요 집이요 어머니요 모든 것이다. 이름 없는 조개는 이름 있는 진주의 진짜 이름이다.

찬란한 중심엔 언제나 고통이 스며 있다.

자산어보

흑산도에서

흑산도 사리마을 사촌서당 마루에 걸터앉아
이곳에 쓸쓸히 뼈를 묻은 한 사내를 생각한다
그가 남긴 고독의 무게를 생각한다.

검은 섬 흑산도는 예로부터 천형의 유배지
지금도 술집 여자들이 한번 들어오면 못 나가는 곳
하물며 죄인인 그가 살아돌아갈 날을 꿈꾸진 못했으리.

한 사람은 강진, 한 사람은 흑산도
각기 다른 행선지가 운명의 차이임을 알았을까
한 사람은 오백 권 서책의 축복으로 남고
한 사람은 달랑 물고기 책 한 권의 쓸쓸함으로 남은
그 커다란 한끝의 차이를 알기나 했을까.

적소인 사리마을은 한참 외진 바닷가
옛날엔 길도 없어 쪽배로나 당도할 수 있는 곳
죄 없이 푸른 바다와 파도소리만 기슭을 치며 우는

거기서 그는 다만 물고기와 벗하며 놀았으니
물고기와 벗하며 고독을 견디었으니,

사람들아, 고독이 물고기 비늘처럼 뚝뚝 떨어지는
그 한 권을 오백 권의 무게와 견주지 마라
유형의 바다에서 건져올린 월척이라 치켜세우지도 마라
하마 이마저도 후세에 전하지 않았더라면
그의 존재가 물고기 한 마리만도 못했을지 모르지만
그 한 권의 무게를 무엇으로 측량하겠느냐.

눈보라치는 한겨울 사촌서당 마루에 걸터앉아
그가 들었을 저 징그러운 파도소리에 몸서리친다
그 극단의 고독과 불행에 또 한번 몸써리친다.

수장
검정고무신

서해바다에 검정고무신 하나 떠가신다. 무거운 주인의 발을 벗어버리고 오랜 동고동락의 짝과도 헤어져 망망대해 일엽편주로 가뿐히 떠가신다. 걷지 않고 두둥실 파도 타고 떠가신다. 어화 벗님네야 너울너울 춤추며 떠가신다. 서해바다에 다 닳은 검정고무신 하나 저무신다. 이윽고 일몰의 수평선 너머로 깜박, 묻히신다.

오, 저 아름다운 수장(水葬),
길을 버리고 길을 취했구나.

말미잘 내 청춘

썰물이 지면 말미잘은 봉긋한 유방으로 솟았다가 밀물
이 들면 어느새 화려한 꽃으로 피어났다.

그녀들은 매양 진수성찬을 차려놓고 손님을 기다렸다
무수한 유혹의 촉수 끝엔 독이 있었다 섬섬옥수에 붙들
린 새우며 작은 물고기들이 자진해서 문지방을 넘어들어
왔다 그들은 붉은 입술과 독주에 취해 비틀거리다 이내
잠이 들었다 꿈결처럼 부유하며 황홀하게 죽어갔다 꽃
속이 저승이었다.

내 젊은 날의 무모들이 모두 거기 빠져 다시는 돌아오
지 못했다.

외도

일상의 소용돌이를 빠져나와 홀연 외도 간다. 텅텅 빈 마음만을 통통배에 싣고 외도 간다. 몰래 숨겨둔 애인을 만나러가듯 외도 간다.

외도는 거제도에 딸린 작은 섬. 옛날 어느 낚시꾼이 풍랑을 피하려다 우연히 외도로 흘러들어왔다는데, 숫처녀 같은 모습에 그만 홀딱 반해선 아예 육지를 내팽개치고 건너와 외도를 범했다는데,

하지만 처녀성을 하나도 건드리지 않은 채로 수천 종 아열대 식물의 낙원을 가꿨으니, 수많은 사람들을 불러들여 외도를 즐기게 만들었으니,

외도 가서 외도 숲을 거닐며 생각한다. 한 사내의 일탈이 외도(外道)를 외도(外島)로 바꾸어놓았다고, 나도 한번쯤 그런 외도를 꿈꾸고 싶다고.

제3부

산에 들에

산에서 난 사람들은 산을 품고, 들에서 난 사람들은 들을 품는 것인가

산에서 산 사람들은 산에 묻히고, 들에서 산 사람들은 들에 묻히는 것인가

그렇게들 산에 들에 온전히 깃들고 싶은 것인가

그리하여 이 연두색 눈부신 봄날

산으로 간 사람들은 산이 되어, 들로 간 사람들은 들이 되어 되돌아오는 것인가

그렇게들 영원히 산과 들로 살고 싶은 것인가

아, 지상의 모든 것들은 죽어서도 못 잊히는 풍경을 그리워하는 것인가

그래서 오늘 저 산과 들의 바람까지도 산, 들, 산, 들 나
직이 호명하며 부는 것인가

수묵산수

저물 무렵,
가창오리떼 수십만 마리가
겨울 영암호 수면을 박차고
새까만 점들로 날아올라선
한바탕 군무를 즐기는가
싶더니

가만,
저희들끼리 일심동체가 되어
거대한 몸 붓이 되어
저무는 하늘을 화폭 삼아
뭔가를 그리고 있는 것 아닌가
정중동의 느린 필치로 한 점
수묵산수를 치는 것 아닌가

제대로 구도를 잡으려는지
그렸다 지우기를 오래 반복하다

일군(一群)의 세필(細筆)로 음영까지를 더하자
듬직하고 잘생긴 산 하나
이윽고 완성되는가
했더니

아서라, 화룡점정(畵龍點睛)!
기다렸다는 듯 보름달이
능선 위로 떠올라
환하게 낙관을 찍는 것 아닌가

보아라,
가창오리떼의 군무가 이룩한
자연산 걸작
고즈넉한 남도의 수묵산수 한 점은
그렇게 태어나는 것이다

길

   고개 넘어 산비탈을 따라 길이 하나 내려오고 있다 굽이굽이 허리를 꺾으며 진양조 서러운 가락을 뽑고 있다 청산도에 봄이 와서 산도 바다도 하늘도 온통 푸른데, 하도나 푸르러서 죄 없이 눈물 나는데, 술 취한 듯 술 취한 듯 벌겋게 달아오른 길이 비틀비틀 내려오고 있다 내려오다 다른 길들을 만나 중모리 중중모리로 얼크러지고 있다 얼크러져 한바탕 질펀한 춤으로 바뀌고 있다 돌담에 피는 아지랑이며, 봄바람에 살랑대는 보리밭, 유채꽃밭 나비들도 덩달아 너울너울 춤을 추고 있다 저물도록 맺히고 풀리고를 반복하다 마을로 접어드는 길은 그대로 소릿가락이다 신명나는 춤 한마당이다

발광(發光) 혹은 발광(發狂)

천지사방에 미친 봄이니, 물도 불도 공기도 흙도 숨결 후끈 거칠어지고 미물마저 자기들끼리 수작을 걸며 발광(發光)하고 발광(發狂)하네 이럴 땐 나도 미친 벌 나비가 되어 만화방창 꽃향기에 이리저리 취해도 보고 아지랑이 뱀 같은 혀 날름거리며 남의 집 담장도 살짝 넘보거니 아니면 벌러덩 잔디에 누워 탱탱한 무덤 젖꼭지라도 만져 보고 싶으니 오호, 이 모두가 내 탓이 아니네 여기저기 타오르는 산불도 내 탓은 아니지.

봄은 산천초목에만 미친 게 아니니, 내 몸 가장 깊은 계곡 심연이 녹는지 돌돌돌 물소리 끊이질 않고 두레박으로 퍼올린 더운 피가 머리에서 발끝까지 달음박질로 돌아다녀 얼굴에 화색이사 난만하이 지난가을 잎 진 메마른 손등이며 팔다리에 어느새 까만 새싹 삐죽삐죽 돋아나고 하초의 꽃불일랑 위로만 위로만 타오르니 오호, 이 모두가 내 탓이 아니네 매양 몽유에 젖는 것도 어디 내 탓이랴.

추월산 다식

찻상에 형형색색 꽃이 피었다
매란국죽 사군자를 한가운데 모시고
진달래꽃, 산수유꽃, 도라지꽃 들을 빙 둘러앉히면
영락없는 꽃들의 향연 꽃들의 합창이다
거기에 온갖 이파리, 열매, 씨앗도 곁들이고
노랗게 꽃물 들인 보름달까지 두둥실 얹어놓으면
추월산 한 폭이 그림처럼 펼쳐진다.

꽃 따로 잎 따로 색깔 내는 법이 달라
수십번 말리고, 데치고, 찌고, 삶고, 볶고, 빻아서야
완성되는 자연색
추월산의 사계가 오롯이 담겨 있는 추월산 다식(茶食)
이 천하절편의 맛과 멋을 제대로 알려면
한꺼번에 씹어 훌렁 삼켜서는 안된다
한점을 먹는데 반시간은 족히 써야 한다 그래야
달고, 시고, 쓰고, 짜고, 매운 맛이 어우러져
고소한 듯 달콤하고 쌉쓰름한 듯 질박한 맛이 난다

거기에 그윽하고도 오묘한 인생의 향까지 배어난다
그쯤이면 어느새 몸과 마음 속에도 비로소
추월산 한 채가 통째로 들어와 앉는 것이다.

논두렁 밭두렁 밥상

담양군 용면 두장리에 사는 이순자 씨는
시집온 지 올해로 사십년째 다식을 빚는다
추월산의 생생한 자연을 찻상에 올리기 위해
이 골짝 저 골짝을 이 잡듯 뒤지고 다닌다
그러다보니 눈 밝은 추월산 귀신이 다 되어
계절마다 어느 산자락이며 어느 계곡에
무슨 꽃이 피고 지는지를 환히 꿰차고 있다
그렇게 바지런을 떨고서야
그녀 안에 산 하나가 온전히 들어앉은 셈인데
요즘엔 웬일인지 산이 아닌 들로 나다닌다
들판에 지천으로 널린 달래, 냉이, 씀바귀로
싹 가신 입맛이나 한번 되살려보자며
논두렁 밭두렁 밥상을 차려보자며
다사로운 햇볕을 벗 삼아 들로 싸다닌다

헐벗음에 대하여

한밤중에 울어 잠을 설치게 하는 장닭을 잡아 없애라는 아버지 성화로 겨울 아침 마당가에서 닭털을 뽑는다. 동생은 닭 모가지를 쥐고 나는 닭발을 밟고 닭털을 뽑는다. 그냥 죽이기 싫어 먼저 닭털을 뽑는다. 닭털을 다 뽑고 나니 닭 몸뚱이에 닭살이 돋는다. 닭 모가지를 누가 비틀거나 실랑이하며 잠시 한눈을 파는 사이 닭이 도망간다. 알몸으로 오돌돌 떨던 닭이 쏜살같이 마당을 가로지른다. 가로질러 마구간 아궁이 속으로 처박힌다. 연기를 피워도 계속 불을 때도 뛰쳐나오지 않는다. 결국 구들장까지 뜯어 끄집어내어 보니 이미 훈제 통닭이 다 되어 있다. 젠장, 아버지 혀를 끌끌 차며 말씀하신다. 단숨에 꽉 모가지를 비틀기보다 하나씩 옷을 벗겨 추위에 떨게 하는 게 더 몹쓸 짓이여. 헐벗음이 차라리 죽기보다 몇갑절 견디기 힘든 것이여 이놈들아, 알긋냐?

개불

　남해안 바닷가 횟집엘 가면 요상하게도 생긴 횟감이 있지요. 얼른 보면 큰 지렁이 같기도 하고 무슨 동물의 창자 같기도 한 이놈의 이름은 개불. 개의 불알처럼 생겼다고 하여 붙여진 이름인데, 자세히 보면 개좆같습니다.

　개불은 주로 연안의 모래흙탕 속에 U자형 구멍을 파고 사는데, 수축력이 워낙 뛰어나 몸을 늘였다 줄였다 하며 움직입니다. 큰 놈의 몸길이는 30센티미터, 항문 부근에 열 개쯤 센털도 나 있지요. 이놈의 몸속은 바닷물로 가득 차 있어 평소엔 잔뜩 부풀어 있다가도, 물을 빼고 나면 형편없이 졸아들어 쪼글쪼글해지고 마니, 거참 영락없이 사정 후 뭣 같지 않습니까.

　여자들에게 처음 개불을 먹어보라 하면 에구머니나, 망측하고 징그럽다고 기겁을 하며 내숭을 떨지만 일단 한번 먹어본 뒤에는 달착지근하고 오돌오돌 씹히는 맛에 그만 홀딱 반해서 나중엔 남편까지 내팽개치고 즈이들끼

리 횟집 구석에 둘러앉아 뭐라뭐라 하염없이 키들거리며
개불을 씹는다니, 하여튼 하느님의 섭리는 어쩔 수 없나
봅니다.

달빛 외도

처음엔 사립문을 빼꼼 열고 밖을 내다볼 뿐이었다. 못
내 수줍어서 허리 휘도록 고갤 수그릴 뿐이었다. 그런 그
녀가 어느새 밤마실을 나다니기 시작했다. 비 오고 구름
낀 날만 빼고는 외출이 잦았다. 그러던 어느날 사내와 밀
밭에서 밀회를 즐긴 뒤부터 몸에 변화가 생겼다. 날이 갈
수록 배가 무장무장 불러왔다. 드디어 만삭이 된 보름밤
그녀의 배꼽에서 눈부신 빛의 아이들이 쏟아져내렸다.
몸을 추스른 그녀는 환한 얼굴로 아이들과 함께 밀밭으
로 내려왔다. 아이들은 들이며 산이며 강물 위를 밤새도
록 깔깔거리며 쏘다녔다. 그러나 보름이 지나자 그녀의
외출은 차츰 시들해졌다. 몸이 몰라보게 야위더니 얼굴
에 핏기마저 가셨다. 결국 시름시름 앓던 그녀는 그믐밤
사내와 헤어지더니 사립문을 캄캄하게 닫은 채 나타나지
않았다. 아직도 밀밭에 가면 보름달을 기다리는 사내가
있다.

조개 야담 1
홍합

홍합은 많이 먹으면 예뻐진다 하여 예로부터 중국에선 동해부인(東海夫人)이라 불러왔지요. 삶을 때 우러나는 뽀얗고 시원한 국물과 담백하고도 쫄깃한 육질은 그만이지요. 게다가 벌어진 가랑이 사이로 드러나는 발그레한 명기(名器)와 예봉(銳峯)에 털까지 수북하게 돋아 있으니 뭍 사내들이 군침을 흘릴 수밖에요. 이따금씩 단골 술집엘 가면 속살을 말려 안주로 내놓기도 하는데, 세상에나 이만큼한 고급 술안주가 또 어디 있겠어요.

그런데 청상과부 같은 이 조개를 날것으로 먹기란 쉽지 않지요. 강제로 칼로 쪼개거나 깨뜨리지 않는 이상 죽어도 몸을 열지 않습니다. 열을 받아야만 순순히 벌어지지요. 그래서 뭔가를 제대로 먹으려면 굽거나 삶는 거 아니겠어요?

조개 야담 2
피조개

피조개는 유일하게 속살에서 피가 나오는 바다 조개이
지요. 겉껍질에는 무수한 잔털이 나 있어 일명 털꼬막이
라고도 하지요. 경계심이 강하기로 소문난 이 녀석은 이
따금씩 빼꼼히 입을 열고서 붉은 혓바닥을 내밀곤 하는
데요. 몰래 손가락을 집어넣으면 금세 꽉 물고 놓질 않아
요. 홍건한 피와 함께 주로 날것으로 먹어야 제맛이지만,
자칫 비브리오패혈증에 걸릴 수도 있으니 주의해야 합
니다.

조개 야담 3
전복

전복은 귀하고 값이 비싸 조개들의 여왕이라고들 하지요. 하지만 껍데기가 외짝이라 먹으면 사랑에 실패한대서 서양 사람들은 꺼려한다나요. 어물전을 지나치다 가만 들여다보면 무에 그리 자랑스러운지 아니면 헤픈 건지 다들 보아라, 아예 맨살을 척 드러내고 있어요. 그도 모자라 이리저리 몸을 뒤틀며 요동까지 치지요. 질펀하고 거무튀튀한 게 어쩜 오십대 아줌마의 거시기와 똑 닮았는지요. 그러니 값을 흥정하던 아줌마들도 민망스러워 차마 고갤 돌리곤 하지요. 그래도 노릇노릇 구운 속살을 썰어먹는 고소한 맛은 일품입니다. 게다가 화려한 속옷 차림에 영롱한 진주까지 두르고 수라상에 올라 임금의 입맛을 희롱한 것들도 있었으니 여왕이라는 말이 그저 빈말만은 아닌 듯도 하지요. 그런데 최근엔 대량 양식으로 서민들의 술상에까지 흔히 오르니 어쩔거나, 여왕조개의 체면도 많이 구겨졌다니까요, 글쎄.

관음 1

어느 봄날
차를 몰고 청도 깊은 계곡 지나다
길옆 복숭아밭으로 들어가서
냅다 바지 내리고 쉬~를 하다
슬쩍 주위를 살폈더니 글쎄
몰래 훔쳐보던 요염한 복사꽃들
화,
일제히 참았던 웃음 까르르
터뜨리던 일이여.

다시 어느 여름 달밤
애인과 청도 깊은 계곡 노닐다
이윽고 밤이 알맞게 깊었을 때
복숭아밭 한가운데로 들어가서
그녀의 희고나 둥근 엉덩일 까고
한참 그짓을 하다 멈칫 보니 글쎄
으,

물이 오를 대로 오른 복숭아들
볼이 터질 듯 붉어져선
차마 무겁게 고갤 떨구던 일이여.

관음 2

달빛이 길을 쓰는 가을밤
아득한 산중 자궁골짝 냇가에
별들이 내려와 멱을 감고 있다
물장구치며 놀고 있다

헉,

나는 들킬세라 바위 뒤에 숨어
그 눈부신 깔깔거림과
희디흰 알몸을 훔쳐보다 그만
날이 샜다

총
총

하산길
아랫마을에서 들려오는

철벅철벅
우물 긷는 소리

관음 3

인적 드문 무더운 여름밤
홀딱 벗고 섬진강에서 낚시를 하다,
얕은 물속에 드러누워 꼿꼿하게
낚싯대를 세우고 유유자적하다,

아무래도 부끄러워 주위를 둘러보니
산마루에 숨어 그걸 훔쳐보던 보름달이
화들짝 놀라 얼굴 붉히는 것 아닌가
살포시 고개를 수그리는 것 아닌가

그때 마침 물고기까지 물고 늘어져선
낚싯대가 팽팽하게 휘어지며 끄덕,
끄덕거리던 일이여

제4부

교감

달빛 쟁쟁한 밤
천관산 정상 너럭바위에
너를 눕히고
혼신을 다해
절정에 도달하는
순간,

달빛과 별빛
풀잎이며 나뭇잎
다도해 잔물결까지도
바르르
몸을 떤다

문득
삼라만상이
저토록 짜릿짜릿하다

동백 낙화

통째로 생을 마감하는 동백꽃은 목련꽃처럼 남루하지 않고 벚꽃처럼 바람에 난분분하지 않으며 무궁화처럼 여름내 지리멸렬하지 않다 단호한 결별의 순간처럼 뒤끝이 서늘하다.

단칼에 잘려나간 동백꽃 모가지는 땅에 떨어져서도 생생하다 벌겋게 눈을 뜨고 있다 죽어서도 붉은 입술로 동박새를 유혹한다 선혈 낭자한 낙화의 자리는 그래서 처형장 같다 끔찍하게 아름답다.

범종처럼 생긴 동백꽃잎의 결속은 단단하고 치밀하다 어떠한 강풍도 이파리 한 장 떼어내지 못한다 그리하여 낙화암 삼천궁녀로 직하하는 꽃송이들의 최후, 저 장렬한 집단자살의,

낙
화
!

관계
흥국사 홍교

직사각형의 돌들이
저렇듯 유연한 반원으로 몸을 구부릴 수 있는 것은
이음쇠 하나 없이도 수백년을 버틸 수 있는 것은
서로가 서로를 받쳐주는 힘,
안 보이는 둥근 힘 때문이다

그러므로 모든 사각형은 원을 꿈꾼다

그러나 돌들의 관계가 진정 아름다운 것은
서로 딱딱한 몸을 부딪쳐야 하는 마찰과
아귀가 맞지 않아 때론 살점을 덜어내야 하는 아픔,
무너져내릴 것 같은 하중을 지그시 버티는 견딤과
그러고도 생기는 고통까지를 끌어안고 있기 때문이다

그러므로 모든 관계에는 불협화음이 있다

여수 흥국사 입구에서 마주친 돌다리 하나

오늘도 속세와 절간을 잇는 무지개로 떠 있다

낚시 유배

그리움 도지면
하루에도 몇번씩 마음이 몸을 빠져나와
남해 어느 바닷가 갯바위에 걸터앉아 있는 거야
바다를 사랑한 죄로 스스로 유배라도 당한 듯
낚싯대 하나 황홀히 드리우고 있는 거야
마음이야 늘 지치고 허기졌으니
그렇게 종일토록 외로움만을 낚아올려도
행복하겠다 오히려
불타는 낙조를 뒤로하고 돌아오는 길이
속세로 유배를 떠나는 것처럼 끔찍하겠다.

갯바람 살랑거리면
마음은 벌써 몸을 저만치 버려두고서
갯바위에 걸터앉아 낚싯대 하나 드리우는 거야
지금껏 살아온 날들과 과감히 결별하면서
남은 생을 즐거이 유배당하고 싶은 거야
이승이 모자라면 저승의 시간까지라도 가불하여

거기 황홀히 몰입하고 싶은 거야 그리하여
순식간에 물속으로 빨려드는 어신찌처럼
어느날 홀연히 사라진다 해도
한세상 충분하겠다.

마음의 풍경

갯고둥과 나

적요의 바닷가에
갯고둥이 있고
저 혼자 엎드려 있고,

적요의 바닷가에
내가 있고
우두커니 앉아 있고,

이렇게 둘이서
종일토록 논다
꼼짝 않고
논다.

제비꽃

오늘은 외딴섬 벼랑 끝에 핀
꽃 한 송이를 만났습니다.

둘이서
찬, 찬, 히
쳐다보았습니다.

소소한 것들을 위하여

밀물만 몇차례 다녀가는
외모진 바다 기슭에
갯고둥이 살고
저 혼자서 살고

아무도 오지 않는

깊은 산중 굴참나무 이파리마다
흰 달빛이 살고
눈부시게는 살고

공허한
마음의 빈 방엔 아직도
네가 살고
사무치게는 살고

절해고도

한겨울,
절해고도 갯바위 끝에
누군가 앉아 있다
낚싯대 드리운 채
꼼짝 않고 있다.

눈이 내린다
낚싯대 위로 눈이 쌓인다
눈은 모든 풍경을 지우고
마음마저 지운다.

시선은 초릿대 끝
화살처럼 꽂혀 있다
그러나 진종일 기다리는 건
어신이 아니다
대물은 물 건너갔다, 다만

깨끗한 마음 하나
건져올리기 위해
스스로 절해고도가 되어
갯바위 끝에 앉아 있다
꼼짝 않고 있다.

낚시 이야기 1
허사도에서

조력 10년이 넘었는데도 아직 아마추어 꾼인 김씨,
하루는 동료들과 목포 허사도 갯바위에서 술내기 낚시
를 했는데
그날의 대상어는 감성돔 25센티미터 이상, 하지만
잔뜩 웅크린 자세로 뚫어져라 초릿대 끝을 쏘아보았으
나, 젠장
해가 뉘엿뉘엿하도록 잡고기 한 마리 올리지 못했다

마침내 지칠 대로 지친 김씨,
포기한 듯 갯바위에 늘어져 먼산만 파는데, 그때
주인 없이 졸던 낚싯대 물속으로 처박히는 게 아닌가
후다닥 일어나 들입다 잡아챘는데, 허허
얼마나 힘껏 챘는지 단번에 물고기가 공중을 날아
갯바위 상단에 떨어져 파닥거렸다

감성돔 30센티미터였다 야호, 1등이다 감격에 겨운
김씨,

은빛 감성돔을 두 손에 움켜쥐고 펄쩍펄쩍 뛰는데,
이게 웬일, 아까부터 나뭇가지에 앉아 있던 물수리 한
마리가
쏜살같이 날아와 홱, 낚아채 사라지는 것 아닌가, 저런

1등을 도둑맞고 졸지에 꼴등이 된 김씨,
한동안 우두커니 선 채로 허공만 바라보며 쓴웃음 짓
더니
"허허, 오늘 낚시도 허사로구먼"
"오늘 1등은 허사도 물수리야"
글쎄, 이렇게 투덜거리는 것이었다

모두가 어안이 벙벙했다, 서편 일몰도 망연자실했다
뛰는 놈 위에 나는 놈 있었다

낚시 이야기 2
허공 낚시를 하다

아직도 던질낚시를 고집하는 아마추어 꾼 김씨,
한번은 혼자서 방파제에 나가 낚시를 하였는데
글쎄, 이런 기막힌 일도 벌어졌다는데

목적지에 도착하자마자
무거운 봉돌과 갯지렁이 미끼를 달아 힘껏
바다의 급소를 향해 채비를 날린 김씨, 그런데
포물선을 그리던 채비가 갑자기 허공에서 사라졌다
초장부터 낚싯줄이 터졌나 했는데, 아니었다
낚싯줄은 공중에 그대로 있었다, 팽팽했다
채비가 날아가는 바로 그 순간
주변을 맴돌며 끼룩 대던 갈매기 한 마리가
잽싸게 그걸 받아 물고 날아오른 것이었다, 저런
갈매기를 살리기 위해
허공의 대물과 한참 실랑이를 벌인 김씨
가까스로 낚아내린 후 다시 허공에 방생했지만,

난생처음 나는 새를 떨어뜨린 김씨는
희한한 손맛을 톡톡히 보았다, 돌연
연날리기꾼이 되고 말았다

독살

신안군 자은면 할미섬엔 아직도 독살이 있다
원시시대 돌그물이다
물고기들은 예나 지금이나 이 돌그물에 걸린다
아니 걸린다기보다 갇힌다
밀물 때 멋모르고 들어와
시간 가는 줄 모르고 뛰어놀다가
어느새 스멀스멀 돌 틈으로 썰물이 져서
미처 빠져나가지도 못한 신세가 된다.

나 세상에 태어나
너라는 독살에 갇힌 적이 있다 딱 한번
갇힌 뒤 지금도 빠져나가지 못했다
폐허의 갯바닥에서 한 마리 숭어처럼 파닥이고 있다
그놈의 원시적 사랑법을 버리지 못하고
끝내 자승자박의 물고기 되어
아직도 너라는 튼튼한 돌그물에
꼼짝없이, 갇혀 있다.

길의 외출

보름달밤이면 길은 환하게 마을을 나섭니다.

어떤 길은 휘청휘청 산을 오르다 중턱에 앉아 쉽니다. 어떤 길은 느릿느릿 들판을 헤매다 다른 길과 얼크러져 밀밭으로 숨습니다. 어떤 길은 바다 위를 걷고 싶어 방파제 끝에 우두커니 앉아 있습니다. 어떤 길은 계곡 속으로 깊이 사라져 감감무소식입니다. 어떤 길은 술에 취해 비틀비틀 산길을 내려오다 평지에서 그만 나자빠집니다. 그러나 모두들 소복한 채 아무 말이 없습니다. 아무 말이 없습니다.

새벽녘에야 마을로 돌아오는 길은 초췌합니다.

말들의 후광

뿌옇게 흐려진 거실 유리창 청소를 하다 문득
닦다, 문지르다, 쓰다듬다 같은 말들이 거느린 후광을
생각한다.

유리창을 닦으면 바깥 풍경이 잘 보이고, 마음을 닦으
면 세상 이치가 환해지고, 너의 얼룩을 닦아주면 내가 빛
나듯이,

책받침도 문지르면 머리칼을 일으켜 세우고, 녹슨 쇠
붙이도 문지르면 빛이 나고, 아무리 퇴색한 기억도 오래
문지르면 생생하게 되살아나듯이,

아이의 머리를 쓰다듬으면 얼굴빛이 밝아지고, 아픈
마음을 쓰다듬으면 상처가 환해지고, 돌멩이라도 쓰다듬
으면 마음 열어 반짝반짝 말을 걸어오듯이,

닦다, 문지르다, 쓰다듬다 같은 말들 속에는

탁하고, 추하고, 어두운 기억의 저편을 걸어나오는 환
한 누군가가 있다.

자연산 가수

누이는 가수였다 슬픈 노래를 잘 부르는 가수였다 청
승맞게시리 어린 나이에 어디서 그 많은 노랠 주워담았
는지, 노래고개를 타고 넘는 솜씨가 하도 구성져서 무엇
이건 목울대에 걸리면 모조리 슬픈 가수였다

누이는 자나 깨나 노래였다 골목이며 산이며 들이며
안 가는 데 없이 노래를 흘려놓고 다녔다 그때마다 유장
하게 흐르던 산천, 파르르 떨던 풀잎, 참 처연하게는 높
고 푸른 하늘…… 아, 세상의 슬픔이란 슬픔들이 죄다 따
라 울먹이는 것을 보았다

누이의 등은 슬픔의 집이었다 나지막한 개울물 소리가
났다 일곱살이 되도록 나는 거기 업혀 자랐다 그때 내 잠
은 일찌감치 슬픔 쪽으로 기울었다 그리고 그것이 지금
도 내 속에 깊은 그늘을 드리우고 있음을 알았다

누이는 가수였다 슬픔을 타고난 가수였다 바보같이 눈

94

물의 서쪽 고개를 넘어간 뒤 다시는 돌아오지 못했지만,
그래 그걸로 끝이었지만, 그래도 우리 동네 산천초목이
알아주는 가수였다 자연산 가수였다

벽시계를 보다

돌아간다는 것은 돌아온다는 것을 안다 반드시
내려가면 올라온다는 것을 안다.

시곗바늘이 일정한 보폭으로 뚜벅거리는 것은
뚜벅거리며 쉼 없이 원을 그리는 것은,
시계추가 시공을 가르며 똑딱거리는 것은
똑딱거리며 날마다 그네를 타는 것은,
그 중심에 누군가 있기 때문이다 안 보이는
어떤 분이 계시기 때문이다.

거기에는 가다, 오다 같은 동사들이 산다
가다, 오다 같은 동사들의 무궁한 되풀이 속에
생과 사, 아이와 노인 같은 명사들이 있다
그리하여 그들이 사는 저 둥그런 원 속으로
해가 뜨고 해가 지고, 비바람이 불고 눈이 오고
꽃이 피고 꽃이 지고 할 것이다.

돌아온다는 것은 돌아간다는 것을 안다 반드시
올라오면 내려간다는 것을 안다.

직벽의 나무들

필리핀 꽉상한 계곡에는 깎아지른 절벽과 나란히 선 나무들이 있습니다 등반근으로 악착같이 직벽을 붙들고 있습니다 150미터도 넘는 절벽 아래로는 기다란 밧줄 같은 것들을 치렁치렁 늘어뜨리고 있습니다 칡넝쿨인가 했더니 계곡물을 빨아올리는 또다른 뿌리들입니다 이 생명의 밧줄들은 원숭이들이 그네를 타도 끊어지지 않습니다 하강의 뿌리가 길고 질길수록 나무들은 수직으로 상승하여 하늘을 덮습니다 잠시라도 한눈팔면 까마득한 낭떠러지에 안기고 마는 나무들의 눈과 귀는 파랗습니다 흙 한 줌 물 한방울 없는 절벽이 태생지이고 삶의 터전인 나무들, 절벽과 나란히 서서 절벽의 풍경을 바꾸고 절벽을 껴안으며 절벽을 넘어서는 나무들, 그리하여 백척간두에서도 사철 꺼지지 않는 초록 불꽃을 피워올리는 나무들, 그들의 서늘한 생명력을 보며 다시 한번 생의 길을 묻습니다

홍어

한반도 끄트머리 포구에
홍어 한 마리 납작 엎드려 있다
폐선처럼 갯벌에 처박혀 있다
스스로 손발을 묶고 눈귀를 닫아
인고와 발효의 시간을 견디고 있다.

아무도 없다
누구도 찾아오지 않는다 다만
이 어둡고 비린 선창 골목에서
저 혼자 붉디붉은 상처를 핥으며
충만한 외로움을 누리고 있다.

그리하여 비바람 눈보라는 쳐서
그 신산고초에 제맛이 들 때
오래 곰삭아 개미*가 쏠쏠할 때
형언할 수 없는 알싸한 향기가
비로소 천지간에 가득하리라.

* 개미: 곰삭은 맛.

일관(一貫)

공중에 제트기 한 대가 흰 줄을 긋고 간다.

정중동의 느린 몸짓으로 간다.

저 일획(一劃)!

오늘따라 가을하늘이 분(分), 명(明)하다.

깊다.

■
해설

정중동(靜中動)의 느린 중심
유성호

1

김선태 시인이 지천명에 이르러 펴내는 신작시집 『살
구꽃이 돌아왔다』는 『간이역』(1997) 『동백숲에 길을 묻
다』(2003)에 이은 6년 만의 결실이다. 첫시집이 80년대를
힘겹게 통과해온 상처의 기록이었고, 두번째 시집이 이
를 치유하기 위한 성찰의 언어였다면, 이번 시집은 그의
모항(母港) 목포에서 오랜 시간 보고 듣고 만져온 '바다'
의 풍경과 이야기를 생생하게 채록한 결과이다.
일찍부터 김선태는 "거대담론이 개념화하기 이전의
남도"(이문재) 풍경과 정서를 매우 실물감 있게 그려온 시

인이다. 그러한 속성을 그는 이번에 더욱 선명하게 전면
화하고 있을 뿐만 아니라, 그 안에 삶의 비애와 웃음을
활달하게 공존시키는 역동적 상상력을 개입시키고 있다.
그 점에서 이번 시집은 김선태 시력(詩歷) 전체를 통해 매
우 중요한 분기점으로 기록될 만하다. 따라서 우리는 그
의 시선과 감각에 의해 다양하게 변주되고 재현되는 '바
다' 풍경과 이야기를 통해, 그가 얼마나 새로운 '중심'을
열망하고 있는가를 실감있게 바라보게 된다. 그만큼 김
선태 시편은 '바다'라는 새로운 태반에 확연하게 착근하
고 있고, 우리는 김선태의 시적 브랜드가 '바다'를 매개
로 이루어져갈 것임을 예감하게 된다.

　　굴곡진 해안선마다 어머니 기다란 치맛자락 휘휘 늘어져
있다.

　　허리까지 숭숭 빠지는 갯벌은 넉넉하고 깊은 그늘을 드리
웠다.

　　희로애락이 두루 녹아 있는 저 진창의 노래판,

　　파란만장의 바다가 얼쑤절쑤 어깨춤 추며 어디로 가고 있다.

이윽고 일몰의 수평선 너머로 붉디붉은 가락 하나 저문다.

잘 삭은 적막,

절창이다.

—「서해에서」전문

　서해안의 다도해 풍경은 "잘 삭은 적막"이라는 표현에
집약되어 있다. 거기에는 어머니의 치맛자락 같은 굴곡
진 해안선과 넉넉한 그늘을 드리운 갯벌이, 삶의 희로애
락을 환기하듯 진창과 파란만장의 노래와 춤으로 존재한
다. 화자는 일몰의 수평선 너머로 저물어가는 바다의 가
락을 온몸으로 들으면서, 그 삭을 대로 삭은 적막의 절창
안으로 자신의 감각을 온전하게 내맡긴다. 이때 '바다'는
김선태 시편의 가장 강렬한 발생론적 지점이 된다. 말하
자면 해 지는 서해에서 "일몰의 수평선 너머로 깜박,"
(「수장」) 넘어가는 것들을 어루만지면서 김선태 시학이
펼쳐지는 것이다. 이제 시인은 그 '절창'의 가락을 다양
한 '이야기'로 전이시킴으로써, 자신의 관찰과 상상이 단
순한 풍경 재현에 머물지 않음을 선명하게 보여준다.

가난한 선원들이 모여사는 목포 온금동에는 조금새끼라는 말이 있지요. 조금 물때에 밴 새끼라는 뜻이지요. 조금은 바닷물이 조금밖에 나지 않아 선원들이 출어를 포기하는 때이지요. 모처럼 집에 돌아와 쉬면서 할일이 무엇이겠는지요? 그래서 조금은 집집마다 애를 갖는 물때이기도 하지요. 그렇게 해서 뱃속에 들어선 녀석들이 열 달 후 밖으로 나오니 다들 조금새끼가 아니고 무엇입니까? 이 한꺼번에 태어난 녀석들은 훗날 아비의 업을 이어 풍랑과 싸우다 다시 한꺼번에 바다에 묻힙니다. 태어나서 죽을 때까지 함께인 셈이지요. 하여, 지금도 이 언덕배기 달동네에는 생일도 함께 쇠고 제사도 함께 지내는 집이 많습니다. 그런데 조금새끼 조금새끼 하고 발음하면 웃음이 나오다가도 금세 눈물이 나는 건 왜일까요? 도대체 이 꾀죄죄하고 소금기 묻은 말이 자꾸만 서럽도록 아름다워지는 건 왜일까요? 아무래도 그건 예나 지금이나 이 한마디 속에 온금동 사람들의 운명이 죄다 들어 있기 때문 아니겠는지요.

—「조금새끼」 전문

'조금새끼'라는 말에는 바닷사람들 삶의 비애가 생생하게 담겨 있다. "조금 물때에 밴 새끼"라는 뜻의 이 말은, 그만큼 고스란히 바닷사람들의 '운명'을 암시적으로 드러낸다. 출어가 중단된 "조금 물때"에 생겨난 '조금새끼'는, 아비의 운명을 닮아 "풍랑과 싸우다 다시 한꺼번에 바다"로 돌아가고 만다. 그래서 그들은 생일도 제삿날도 엇비슷하다. 이때 화자는 '조금새끼'라는 발음에서 번져오는 설움을 느끼면서, "서럽도록 아름다워지는" 그네들의 이야기를 활달한 구어(口語)의 재현을 통해 전해주고 있는 것이다.

요컨대 이 시편은, 우리 모두가 삶에서 만나는 가장 어둑하고도 불가피한 존재 확인의 순간을 '운명'으로 명명하면서, 그 '운명'이 삶의 비의(秘義)를 섬광처럼 드러내고 있음을 보여준다. 이렇게 김선태는 바닷사람의 운명을, 서럽도록 아름다운 비애의 이야기로 채록하여 바다가 가진 다른 차원의 물질성을 완성한다. 말할 것도 없이, 그러한 시선은 핍진한 '풍경'과 생생한 '이야기'를 결속함으로써 가능해진 것이다.

가령 시인은, 쌀 한톨 나지 않는 서해 어떤 섬마을에 살았던 늙은 이팝나무 이야기를 담은 「그 섬의 이팝나무」, 아예 '이야기'를 표제로 내건 「꽃게 이야기」「낚시 이야기」 연작, 「직방」 등에서 그러한 속성을 잘 드러낸다. 말하자면 바다를 둘러싼 '이야기'가 얼마나 곡진하고 풍요

로울 수 있는지를 첨예하게 들려주는 것이다. 그 안에는 자기 그림자에 놀라 밤새 도망다니는 꽃게나, 짝짓기를 위해서라면 기꺼이 한목숨 거는 홍어, 그리고 "자승자박의 슬픈 바닷물고기"(「주꾸미」)인 주꾸미, 그밖에도 우럭 말미잘 숭어 등의 우화(寓話)가 사람들의 삶을 비유적으로 환기하면서 역동적으로 펼쳐진다.

이처럼 풍경과 이야기의 등가적 결속을 통해 바다의 생태학을 집중적으로 탐색한 김선태 시편들은, 고요한 바닷가에서 "찬, 찬, 히" 오래도록 "깨끗한 마음 하나/건져올리기 위해/스스로 절해고도가 되어"(「마음의 풍경」) 사는 쓸쓸함과 여유를 동시에 보여준다. 그렇게 김선태 시편들은 저물어가는 바다의 고요 속에서, 천천히 삭아가는 풍경과 이야기를 담아내고 있는 것이다.

2

김선태는 이렇게 천천히 삭아가는 존재자들의 슬픔을 불가피한 존재 형식으로 노래하면서 한편으로는 지상의 모든 존재자를 따뜻하게 감싸안는 언어적 사제(司祭)가 되고 있다. 가령 그는 남도의 풍경과 이야기를 시집에 가득 채우면서, 중심에서 배제되고 지워지는 존재자들을 실감있게 관찰하고 복원함으로써 자신만의 새로운 '중심'을 형성하고자 한다. 이는 그가 약하고 둥글고 부드럽고 삭은 것들을 한결같이 옹호하는 데서 더욱 선명하게 확인된다. 이러한 새로운 '중심'을 형성하는 원리는 그야말로 정중동(靜中動)의 리듬감인데, 그 느리고 둥글고 고요한 시선과 언어가 그의 시편들로 하여금 단순한 반(反)문명적 세계가 아닌 좀더 심층적이고 본원적인 '생명'에 대한 사유로 나아가게 하는 것이다.

벌새는
1초에 90번이나 제 몸을 쳐서
날개를 지우고
공중에 부동자세로 선다
윙윙,
날개는 소리 속에 있다.

벌새가
대롱꽃의 중심(中心)에
기다란 부리를 꽂고
무아지경 꿀을 빠는 동안
꼴깍,

세계는 그만 침 넘어간다.

햐,
꽃과 새가
서로의 몸과 마음을
황홀하게 드나드는
저 눈부신 교감!

정(靜)과 동(動)이
동(動)과 정(靜)이
저렇듯 하나로 내통할 때
비로소 완성되는
허공의 정물화 한 점
살아 있는 정물화 한
점(點).

—「벌새」전문

  벌새가 펼쳐 보이는 미세하고도 황홀한 운동을 바라보
는 화자의 시선은, "정(靜)과 동(動)이／동(動)과 정(靜)이"
하나로 결속함으로써 얻어지는 생명의 정점에 대한 관찰
을 수행한다. 그 "허공의 정물화 한 점／살아 있는 정물화 한/점(點)"을 통해 화자가 발견하는 것은, "꽃과 새가/서로의 몸과 마음을/황홀하게 드나드는" 눈부신 교감의 장면이다. 이처럼 '정(靜)'과 '동(動)'이 하나로 드나들고 "생사가 극적으로 뒤바뀌는/저 간결하고 분명한 풍경"(「황홀」)에서 시인은 한결같이 "삶과 죽음이 한통속"(「조장」)임을 읽어낸다. 말하자면 시인은 '정(靜)/동(動)' 혹은 '삶/죽음'의 일원성을 노래하고 있는 것이다.

원래 모든 사물은 자기 홀로 떨어져 존재 원리를 구현하지 않는다. 주위 환경은 물론, 이웃하고 있는 사물들과 교감하고 상충하면서 자신의 존재를 각인하고 자기 존재를 실현한다. 그 순간 사물들은 자기를 갱신하면서 세계 구성에 참여하게 된다. 이러한 공존과 통합의 원리를 사유하고 형상화하면서, 시인은 자신의 시편들이 단순한 풍경에 머물지 않고 얼마나 삶의 깊이를 투시하려는 열정을 견지하고 있는지를 선명하게 보여준다.

한여름 신안 증도 태평염전에 가서
한 염부의 작업복에 핀 소금꽃을 보았습니다.

소금농사는 하늘에 달려 있다고,
그래서 소금을 사람이 만든다고 하지 않고

하늘에서 내려오신다고 말하던 그가
평생 그의 노동을 가두던 염전에
마침내 소금이 되어 누웠습니다
소금이 되어 하늘로 돌아갔습니다.

이제 그의 작업복에서
태평염전과 하나가 된 그의 육신에서
고승의 사리처럼 소금꽃이 핍니다
땀과 눈물의 결정체로 핍니다 소금창고에
썩지 않을 추억을 쌓던 그의 생애도
단단한 소금이 되어 빛납니다.

한여름 신안 중도 태평염전에 가서
염화(鹽花)가 염화(拈華)로 피는 것을 보았습니다.

—「염화」 전문

　　한여름의 뜨거운 염전에서 "한 염부의 작업복에 핀 소
금꽃"을 발견한 화자는, 그 염부가 평생을 바친 염전에서
스스로 소금이 되어 누워 있음을 바라본다. 이 황홀하고
도 비극적인 상상 장면에서 화자가 내처 발견하는 것은,
쓰러져 누운 염부의 작업복에서 땀과 눈물의 결정체로

피어난 '염화(鹽花)'다. 이미 단단한 소금이 되어 빛나는 그의 육신에서 "염화(鹽花)가 염화(拈華)로 피는 것"을 상상하는 화자의 마음은, 모든 생명들이 소멸 직전의 순간에 자신의 가장 순수한 본질을 드러낸다는 것을 보여준다. 그래서 우리는 김선태가 가닿은 궁극적 지경을 '염화(拈華)'라는 표현 속에서 보게 되는데, 이는 곧 존재가 소멸함으로써 가장 견고하고 심미적인 '염화(鹽花/拈華)'로 피어나는 뭇 생명들의 빛나는 위의(威儀)를 이렇게 장엄하게 관찰하고 기록하는 것이다.

이렇듯 김선태 시편의 화자들은 '정중동(靜中動)'의 느린 중심을 사유하면서, 소멸해가는 존재자들에서 가장 견고한 존재 형식을 발견함으로써, 자신의 시편들을 그 흔하디흔한 서경(敍景) 시편들과 구별해주고 있는 것이다.

3

우리가 읽는 한 편의 서정시에는 이질적 혹은 대립적인 정서적·인지적 형질이 자연스럽게 얽혀 있다. 그래서 우리는 '비애'라는 것이 '희망'의 반대편에 있는 부정적인 것이 아니라 현실의 복합적 이치를 철저하게 투시함으로써 그 현실과 궁극적으로 친화하려는 욕망의 한 부

분임을 알고 있다. 마찬가지로 '낭만적 초월' 또한 무책임한 현실도피가 아니라, 그 나름으로 현실을 치유하고 대안적 지평을 암시하려는 상상적 고투임을 잘 알고 있다. 그만큼 우리는 '비애'와 '낭만적 초월'을 동시에 증언하면서 삶의 양가성을 정직하게 담아내고 있는 김선태 시편들을 아름다운 긴장으로 바라보게 된다.

그렇게 시인은 삶에서 경험하는 '비애'와 그것을 상상적 질서로 치유하는 '낭만적 초월'을 양 축으로 하면서, 근대적 시간의 효율성에서 멀찍이 비껴 있는 곳에 자신만의 소우주(microcosmos)를 구성한다. 세상의 표면에서 역동적으로 펼쳐지는 부박한 속도전 대신에, 저물녘 소멸의 아름다움을 경험하면서, 자연 사물에서 발견하는 경이로운 이법(理法)을 아름답게 드러내고 있는 것이다.

저물 무렵,
가창오리떼 수십만 마리가
겨울 영암호 수면을 박차고
새까만 점들로 날아올라선
한바탕 군무를 즐기는가
싶더니

가만,

저희들끼리 일심동체가 되어

거대한 몸 붓이 되어

저무는 하늘을 화폭 삼아

뭔가를 그리고 있는 것 아닌가

정중동의 느린 필치로 한 점

수묵산수를 치는 것 아닌가

제대로 구도를 잡으려는지

그렸다 지우기를 오래 반복하다

일군(一群)의 세필(細筆)로 음영까지를 더하자

듬직하고 잘생긴 산 하나

이윽고 완성되는가

했더니

아서라, 화룡점정(畵龍點睛)!

기다렸다는 듯 보름달이

능선 위로 떠올라

환하게 낙관을 찍는 것 아닌가

보아라,

가창오리떼의 군무가 이룩한

자연산 걸작

고즈넉한 남도의 수묵산수 한 점은

그렇게 태어나는 것이다

　　　　　　　　　　　　　　—「수묵산수」 전문

　겨울의 저무는 호수에서 수많은 가창오리떼가 새까만 군무(群舞)를 이루면서 회전하고 있다. 그것은 오리떼가 "거대한 몸 붓이 되어/저무는 하늘을 화폭 삼아/뭔가를 그리고 있는 것"으로 화자에게 읽힌다. 그 "정중동의 느린 필치"로 완성하는 '수묵산수'가 바로 "일군(一群)의 세필(細筆)"까지 섬세하게 보탠 완벽한 화법이 된다. 그래서 '산'과 '보름달'을 핵심 구도로 하면서 날아오르는 가창오리떼는, "자연산 걸작/고즈넉한 남도의 수묵산수 한 점"을 완성하는 주체로 나타나는 것이다.

　이러한 자연스런 중심을 갖춘 구도(構圖/求道)의 필법은, 이번 시집을 규율하는 상징적인 원리가 된다. 그 중심들이 시집 곳곳에 산포(散布)됨으로써, 김선태 시편은 "직선의 길가에 버려진//곡선의 말들"(「곡선의 말들」)을 "안 보이는 둥근 힘"(「관계」)이 감싸고 있는 형상을 보여준다. 이 모든 것이 오랜 시간 자신의 존재를 지키다가 천천히 소멸해가는 뭇 생명들을 향한 가없는 연민과 사랑의 결과임은 췌언을 요하지 않을 것이다.

지금까지 우리가 읽어온 김선태 근작(近作)들은, 바다의 풍경과 이야기를 "정중동의 느린 몸짓"(「일관」)으로 보여주고, 시인 스스로 살아온 "인고와 발효의 시간"(「홍어」)을 증언한다. "바람의 등에 업혀 곡선의 길"(「마른 잎 한 장」)을 당당하게 가겠노라고 다짐하고 있는 김선태는, 그래서 한국시사에서 가장 보기 드물었던 '바다'시편의 한 차원을 이룩할 수 있었던 것이다. 이후로도 "적막하고 척박하기 그지없는 한반도 서남부 변방 목포"(「시인의 말」)에서 한결같이 '정중동'의 느린 중심을 형성하고 확장해갈 그의 넉넉한 시선을 떠올려본다. 이제 그 시선을 따라 우리가 새로운 중심에 동참할 차례이다.

柳成浩 | 문학평론가

■
시인의 말

　7년 만에 세번째 시집을 엮는다. 제 깜냥에는 열심히 쓴다고 썼으나 워낙 천성이 게으르다보니 어쩔 수 없는 노릇이다.

　두번째 시집을 다시 읽고 나서 이번 시집 원고를 정리한다. 놀랍게도 울음 대신 웃음이 늘었다. 그러나 이것이 불행인지 다행인지 모르겠다. 다만, 더이상 징징거리지 않기를, 각진 마음의 기슭이 둥글어지기를 바랐던 건 사실이다. 하지만 바란다고 그것이 온전히 다스려질 일이던가. 여전히 마음의 골짝이 춥다.

　다시 직장을 얻어 목포로 내려온 지 6년째를 맞고 있다. 강진→목포→광주→목포. 지금껏 내가 걸어온 생의 행로가 이토록 단출하다. 적막하고 척박하기 그지없는 한반도 서남부 변방 목포. 그러나 그 변방이 내 생의 고향이요 종착이다. 내 시도 여기에 끝까지 닻을 내릴 것이다. 그리하여 결코 문명과 권력의 아수라장으로 나아가지 않고 나의 뿌리인 남도에 남아 유순한 자연과 함께 스스로 중심이 되어 살아갈 것이다.

자세히 들여다보니 바다를 소재로 한 시편들이 많다. 목포로 복귀하면서부터 바다는 최대의 시적 관심사가 되었다. 한동안 바다가 끼고 있는 섬들과 갯벌과 물고기와 어촌민들의 삶과 친해지고 싶다.

2009년 3월
김선태

창비시선 299

살구꽃이 돌아왔다

초판 1쇄 발행 / 2009년 3월 30일
초판 2쇄 발행 / 2014년 4월 3일

지은이 / 김선태
펴낸이 / 강일우
책임편집 / 박신규
펴낸곳 / (주)창비
등록 / 1986년 8월 5일 제85호
주소 / 413-120 경기도 파주시 회동길 184
전화 / 031-955-3333
팩시밀리 / 영업 031-955-3399 · 편집 031-955-3400
홈페이지 / www.changbi.com
전자우편 / lit@changbi.com

* 이 책은 한국문화예술위원회 2008년도 문예진흥기금을 받았습니다.